생각
줍기

생각 줍기

김영훈 글·그림

교양인
GYOYANGIN

누구에게나 인생길은 초행길이죠.
그 길, 물어물어 쉬엄쉬엄 가면 안 될까요.
내비게이션 필요 없다던데.

그 길, 함께 가면 안 될까요.
빨리 가려면 혼자서 가고
멀리 가려면 같이 가라고 하던데.

그 길, 생각 나누며 가면 안 될까요.
혼자 걸으면 생각을 줍고
둘이 걸으면 생각을 나눈다던데.

그 길, 어깨동무하며 가면 어떨까요.
세상에 올 땐 힘주고 왔다가
갈 땐 힘 빼고 가는 게 인생인데.

그 길, 묻고 느끼고 쉬면서 가면 안 될까요.
아무리 세상이 빠르게 내달려도
생각하는 삶이 절대 뒤처지는 게 아닌데...

생각줍기

단번에
세상을 '박음질'하려
애쓰지만

한 땀 한 땀
정성껏 꿰매는 게
'삶'이다.

'떡메' 치련다.
내리치고 또 치면
차지고 차진 것을
얻을 수 있음을
알기 때문이다.

내 의식의 파편들을
치고 쳐서
삶을 '차지게' 하련다.

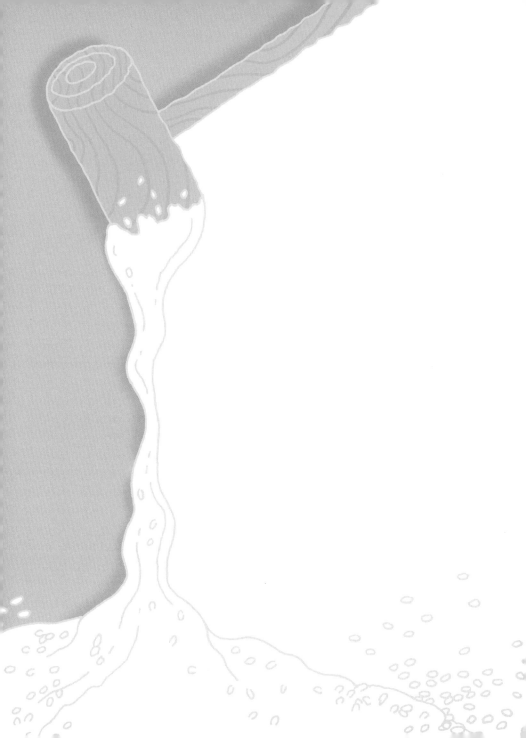

오늘 뚫지 않으면
'벽'은 내일도
네 앞에 서 있다.

뚫어야 산다.
삶은
벽의 '중첩'이기 때문이다.

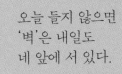

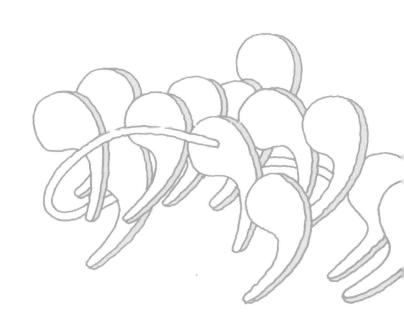

인생은
한 묶음의 '쉼표'와
하나의 '마침표'로
이루어진 문장이다.

쉼표 없이
짧게 쓰길 소망한다.
'부끄럽지 않았다'라고.

물은 흐른다.
하지만
'웅덩이'를 만나면
모두 채워야
다시 흐를 수 있다.

뭐든
머물고 고이면
썩는 것을 알기에
삶의 '물꼬'를 트련다.

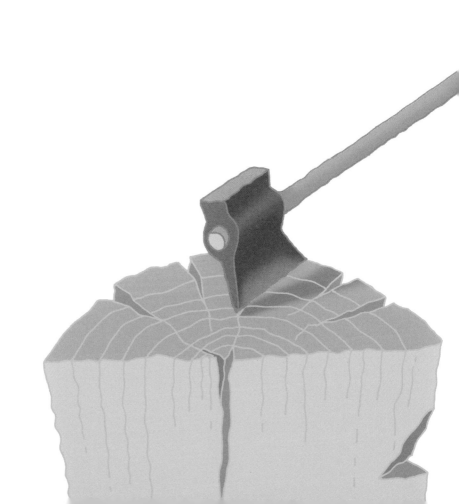

'결'을
무시하면
쪼갤 수 없음을
안다.

삶의 무늬를
살펴야 하는 까닭은
결은 '방향'이기
때문이다.

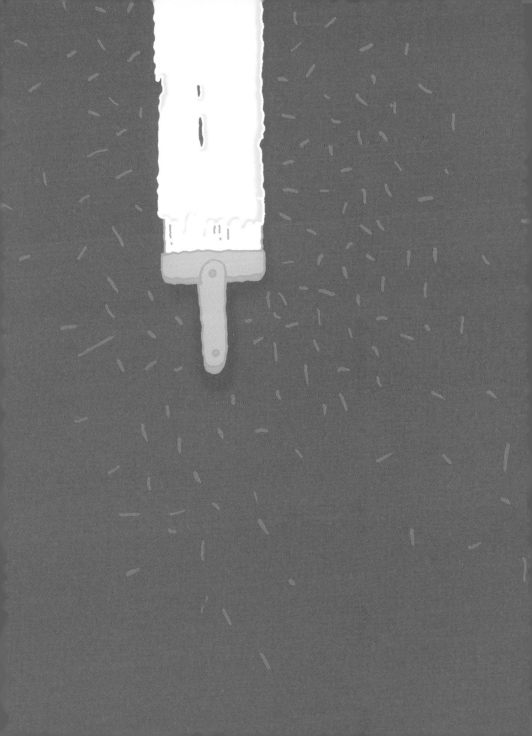

자신을 덧칠하는 것은
'위선'이요,
벗겨내는 것은
'참회'이다.

덧칠하기는 '쉽지만'
벗겨내기는 정녕 '어렵다'.

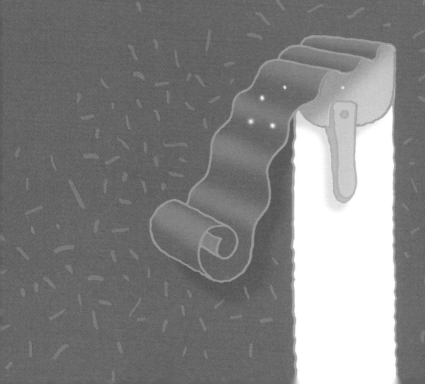

앞날은
장막의 뒤편과 같아
아무도 짐작할 수 없고
오직 신만이 알 뿐이다.

우린 그걸
내일이라고 쓰고
'희망'이라고
마음에 새긴다.

한 치 앞을 알 수 없는 삶,
그래도 '희망'이 있어 힘을 냅니다.

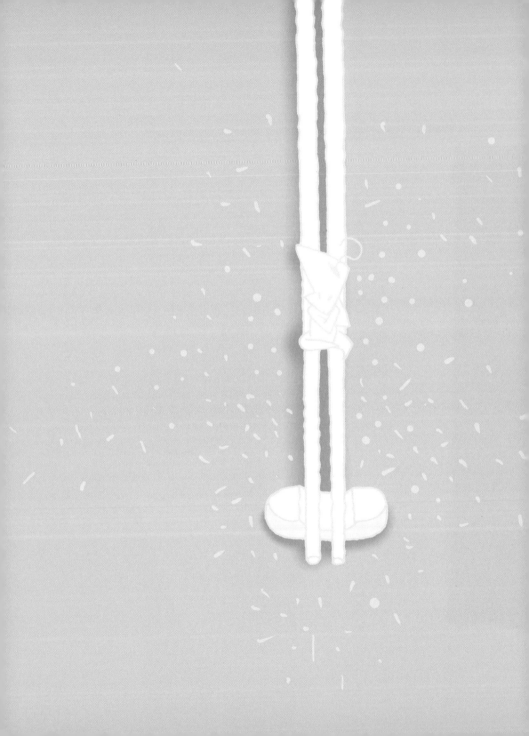

젓가락의 '무게'가
지금 나의 삶의 무게다.

삶이 버거우면
입맛 떨어져
'젓가락' 들기조차 힘들다.

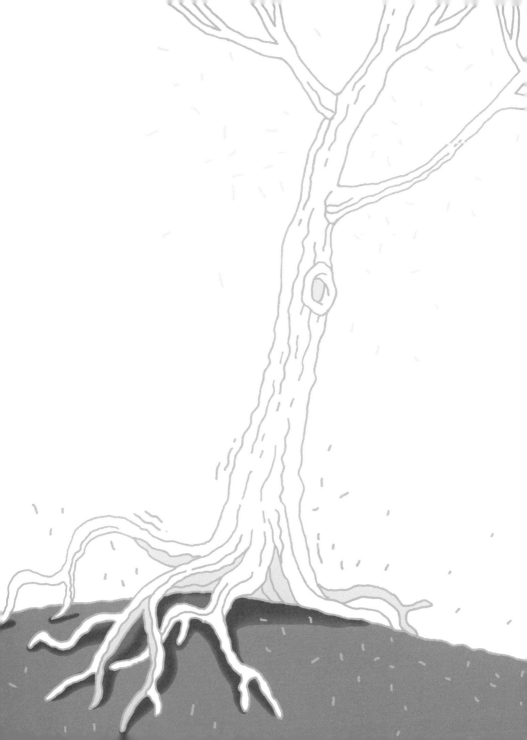

빠름, 빠름, 더 빠름
빠름을 끝없이 쫓는 당신

이제 영혼마저
그 빠름에 휩쓸려 중력을 잃고
삶의 밑동을 고스란히 드러내
참을 수 없는 존재의 가벼움으로
'부유'하지 않을까요.

'사색'하는 삶으로
내 삶의 속살을 채우겠습니다.

내가 아닌
타인의 생각으로
밑창 깔고 굽 높이려
애쓰는 것은
'허세'에 불과하다.

그 걸음걸이가
부자연스럽고 불편함은
'내 것'이 아니기에...

바윗돌 위에 떨어진
한 톨의 씨앗은
'기다림'을 배운다.
언젠가 흙으로 돌아가
들숨과 날숨
얻는 날을 희망하며...

조급함을 누르고
내 꿈의 씨앗이
'싹' 틔울 날 기다리렵니다.

세상은
반듯하게 잘 세운 이를
베스트 드라이버라고 하지만,

사실
인생 '베스트 드라이버'는
항상 삐딱하고
제멋대로 세우는 이다.

'챌린저'는
세상이 그어놓은 선을
언제나 무시하기 때문이다.

성공의 탄탄대로 위해
욕망의 '아스팔트' 깔지만,
검고 끈끈한 타르는...

단 한 방울의 '감성'도 스며들게 허락하지 않는다.

'숨' 쉬는 대지는
발자국을 남기지만...

딱딱하게 '굳은' 아스팔트는 흔적을 남기지 않는다.

이 자리만큼은
들이대지 마.

네가 아닌
온전히 나의 '생각'이
머물 자리이기에...

정신적 '노예'란
남의 생각과 판단에
기대 사는 삶이다.

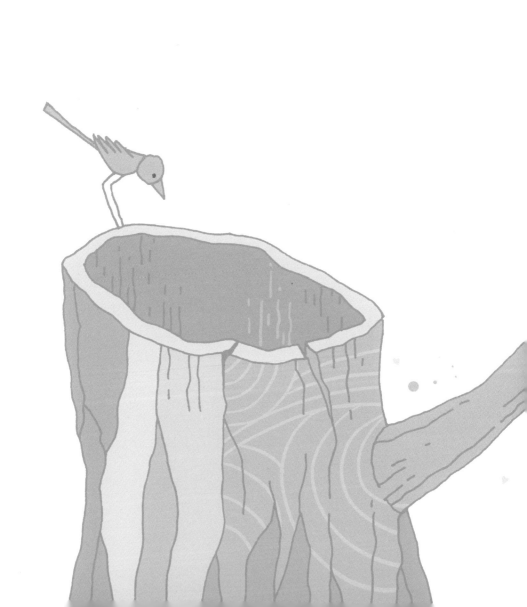

'잘 산 인생'이란,
출세하고
돈벼락 맞은
인생이 아니라

중도 퇴장 없이
쓴맛 단맛 다 보며
'끝까지' 산 인생이다.

호박이 늙으면
'맛'이라도 있지만,
사람이 늙는다고
'멋'스러워지진 않는다.

호박의 맛은
'시간'이 만들고
사람의 멋은
'덕행'이 만든다.

네가 날
내가 널
들여다보기보다

네가 널
내가 날
들여다보기 '원'한다.

남을 훔쳐봄은
관음증이지만,
자신을 들여다봄은
'성찰'이기에...

사자는
아무리 굶주려도
당근 두고
'군침' 흘리지 않는다.

그건
자신의 '가치'와
무관하기 때문이다.

머뭇거림은
생각의 '공회전'이다.

시동 켜기 전
미리 목적지를 정하는 것이
'심사숙고'이기에...

'슬기'는
마음에 돋은
비늘이다.

거친 '세파'를
자유롭게 유영하는 것은
슬기롭기 때문이다.

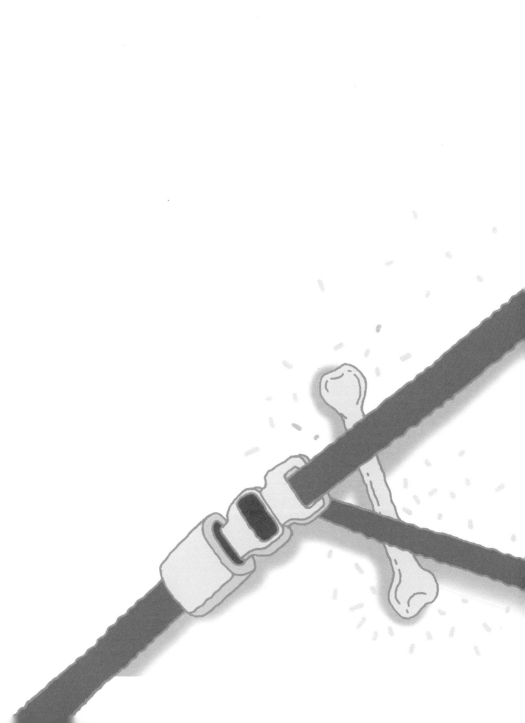

삶의 여정에
함께 동승한 것들이
모두 '가치' 있진 않더라.

그러나
창문 열어
악취를 '환기'만 시킬 뿐
버리진 않더라.

돈으로 맺고
돈 때문에 깨진 사이,
관계 회복시키려 애써도
'소생'하기 힘들다.

차가운 계산만 존재할 뿐
뜨거운 '피' 흐르지 않는 게
돈이다.

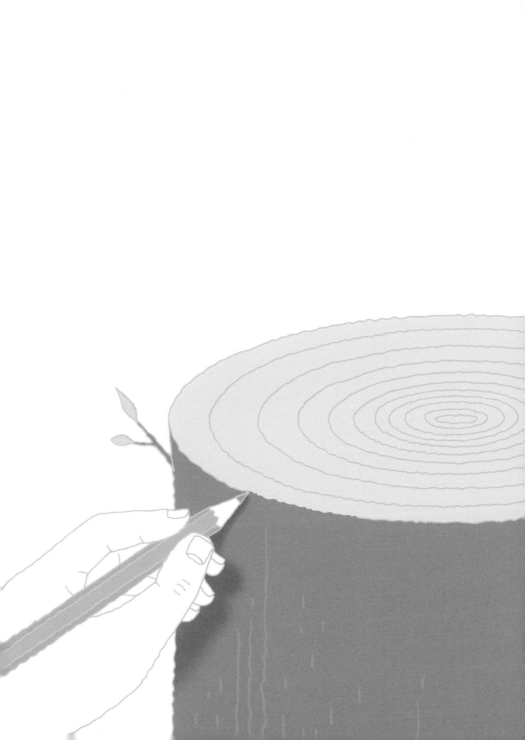

'금' 긋는다.
버티고 견뎌낸
시간의 흔적을 가두고
나이 금을 긋는다.

생각의 금은
긋지 않겠다.
그건 '한계'를 긋는 것이므로...

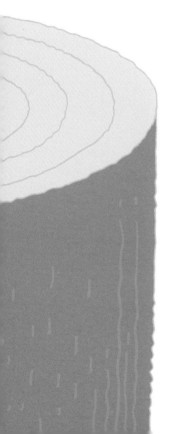

네가 '늘' 푸르른 것은
원래 푸른 게 아니라

낡은 것은 떨구고,
부단히
'새로움'으로 채우는
수고로움을 행했기 때문이다.

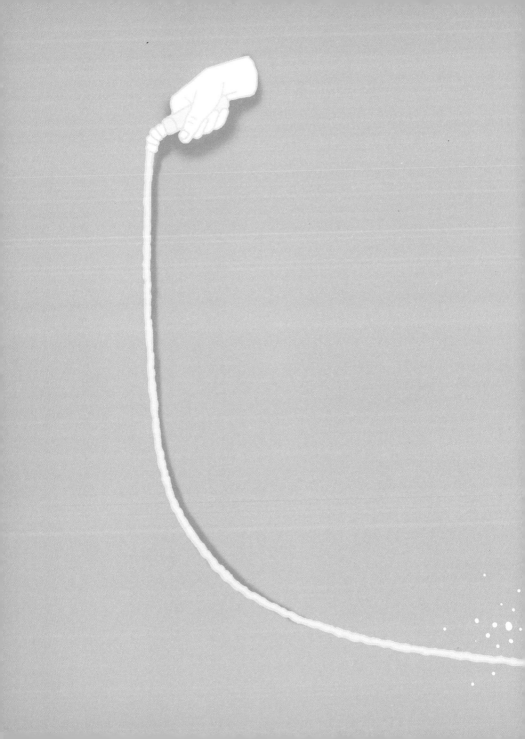

줄을 넘어야 줄넘기다.
넘지 않으면
그냥 '줄'에 불과하다.

삶은 무수한 줄이다.
'넘어야' 산다.

지금 이 '순간'은
내게 남은 시간 가운데
가장 젊은 날임은 분명하다.

그러나
내가 살아온 시간 중에
가장 성숙한 날이라고
단정 지을 순 없다.

술은 시간이 흐르면 '숙성'하고
인간은 반성이 있어야 '성숙'한다.

빼곡히 채운 생각은
뽑아내기 힘들다.
생각이 생각을
'짓누르기' 때문이다.

짓눌린 생각,
숨 쉴 여백 위해
'생각 털기'도 자주 하련다.

삶의 공과 가운데

'과'를 지우는 것은

절반이 아닌
전부를 송두리째
지우는 것이다.

'공'만 있는 인생은
전체를 부정당하고
비웃음만 산다.

시간은 돈이다.
누구에게나
공평하게 주어진
삶의 '종잣돈'이다.

그 자본금 키우기 위해
애써 쪼개고 늘리려
발버둥 치지만

자신과의 '만남'이 빠진
시간은
새어 나간 종잣돈이다.

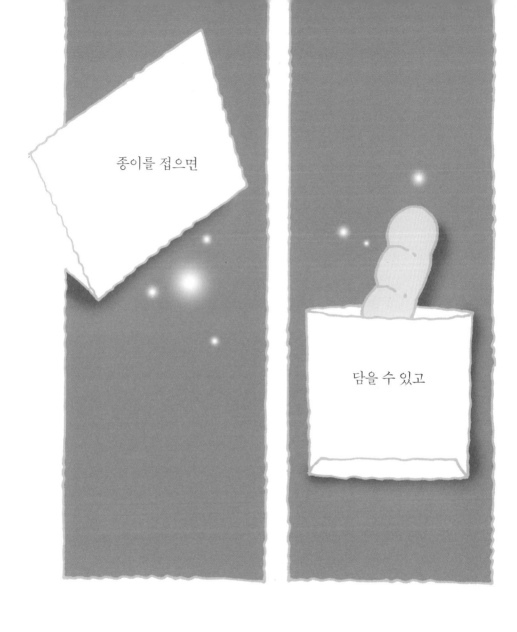

종이를 접으면

담을 수 있고

더 편히 들 수 있다.

더불어 '끈'을 달면

누구나 처음은 '백지장'이다.
접지 않고
담을 수 없다 한탄한다.

세상에서
가장 버거운 상대는
다름 아닌
자기 자신임을 알면서도
번번이 '무릎 꿇는' 까닭은

자신에겐
한없이 '관대'하기
때문이다.

세상에서
가장 아름다운 꽃은
오월에 피는 '장미꽃'도,
천 년 만에 피는
'우담바라'도 아니다.

땀 흘려 일한
그대 얼굴에 피어난
'소금꽃'이다.

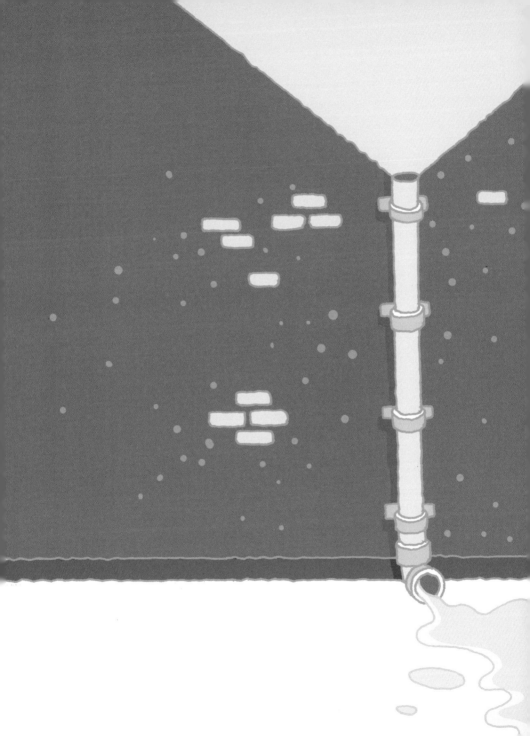

시련을 극복하는 능력은
낙수물 받아내는
'홈통'의 굵기에 따른다.

슬기로운 자는
홈통 굵기를
'빗줄기'에 맞춰
스스로 조절한다.

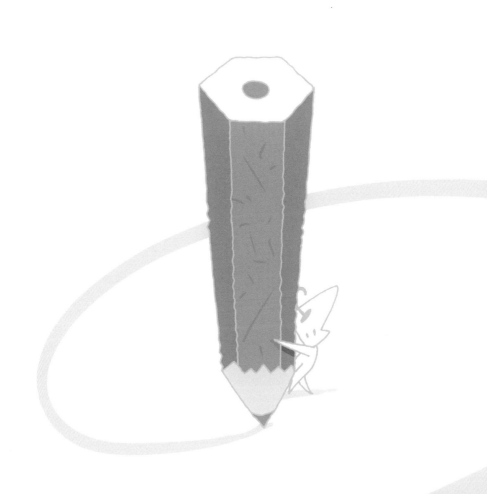

쉬운 '문제'는
쉽게 풀어야 하고
어려운 문제는
어렵게 풀어야 한다고 말하지만

쉽고 어려운 문제를
구별하지 못하는 게 '문제'다.

짜면 짜낼수록
기름은
'탁'해지고
생각은
'명징'해진다.

거듭될수록 기름엔 찌꺼기가 섞이지만 생각은 '걸러'지기에...

음식 찌꺼기는
'이'를
상하게 하지만

말의 찌꺼기는 '감정'을 상하게 한다.

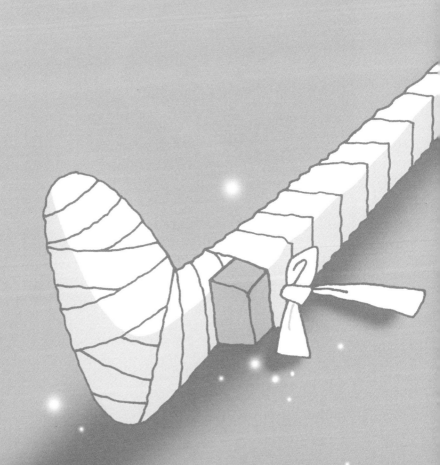

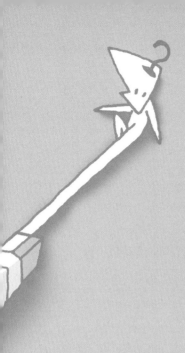

절망이란
부러지고 깨진 꿈의
'파편'이요

희망이란
수습한 꿈에 덧댄
'부목'이다.

생각 줍기

'마음'이
어찌 맘먹은 대로
뜨겁게
차갑게
움직여지더냐.

열정과 냉정을 자유자재로 다루는 자.
그가 마음의 '주인'이다.

'지식'은
시원한 청량 음료와
같다.

마실 땐 시원하지만 마실수록 '갈증'만 더한다.

‘바깥’을
살피는 눈은
감시와 경계이지만

자신의
‘내면’을 들여다보는 눈은
반성과 성찰이다.

티끌 같은 불의에
쉽게 '분노'하는 이는
정작
태산 같은 불의엔 침묵한다.

분노해야 할 때
분노하지 못함을
분노해야
'분노'는 사라진다.

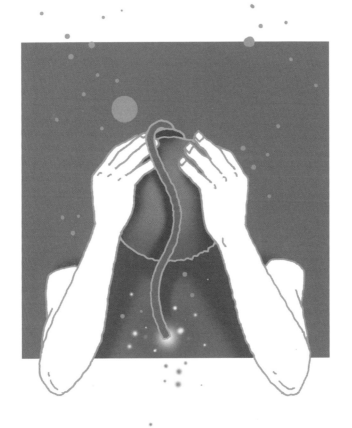

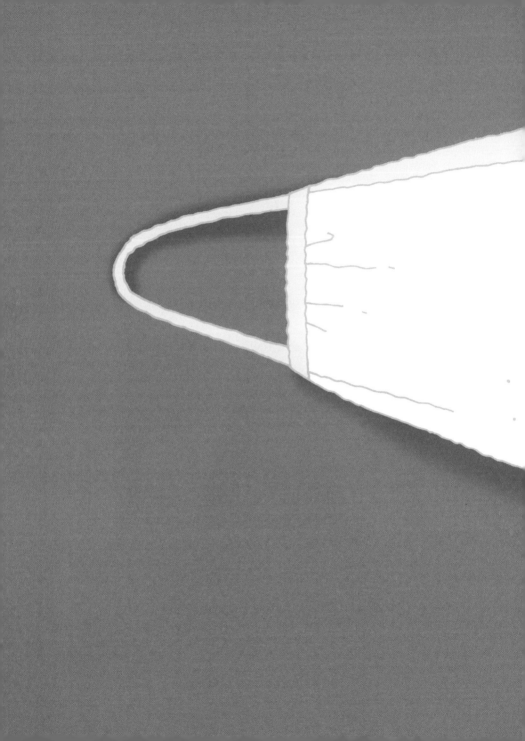

'공포'는
뒷덜미에
스멀스멀 기어다니는
그 무엇이다.

유능한 권력은 이를 '제거'하고
무능한 권력은 이를 '조장'한다.

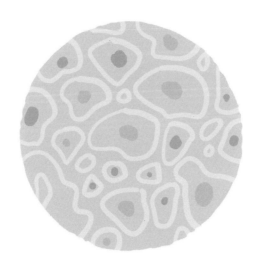

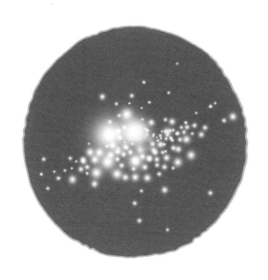

'인간'은
티끌보다 작은 세상과,
우주보다 큰 세상은
헤아리면서

티끌보다 작고
우주보다 큰 인간의 '내면'은
헤아리지 못한다.

'선행'은

지우고

지워도

지워지지 않고

빛나게 드러나고

'악행'은
가리고
가려도
가려지지 않고
언젠가 드러난다.

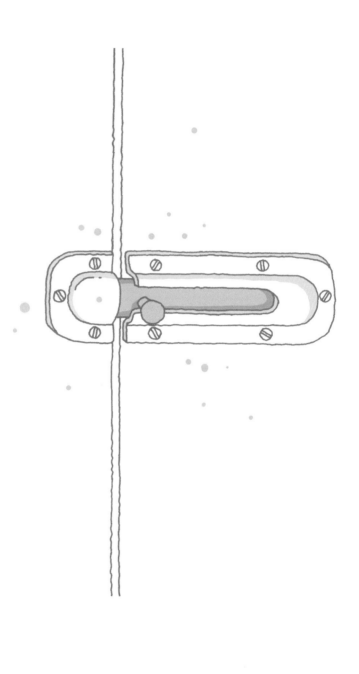

자물쇠를
내가 쥐면 '안'이고
남이 쥐면 '밖'이다.

'갇힌' 사회란
내 자물쇠를
남의 손에 넘겨준 것이다.

내 맘속
작은 웅덩이에
깨달음의 '씨앗'
담겨 있다.

그 싹을 틔우면 '연못'이고
그러지 못하면 '늪이고 수렁'이다.

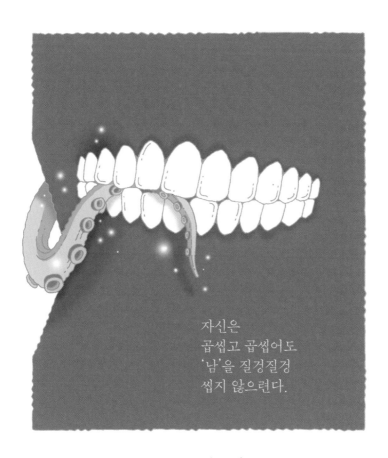

자신은
곱씹고 곱씹어도
'남'을 질겅질겅
씹지 않으련다.

자신은 씹을수록 '단물' 나지만,
남은 씹을수록 '악취' 풍기기에.

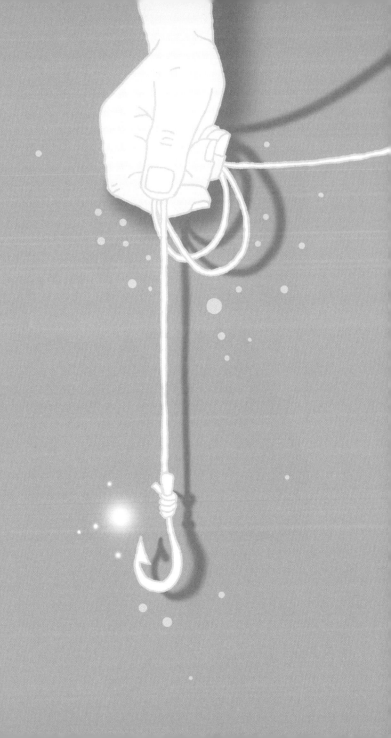

세상은
서로 낚고 낚이는
'낚시터'다.

돈으로 낚는 자는
하수요,
믿음으로 낚는 자는
'고수'다.

사람은 누구나
자신이 높게 '평가'받아
마땅하다고 생각하기에

아첨꾼은
그런 마음의 허세를
'숙주' 삼아 기생한다.

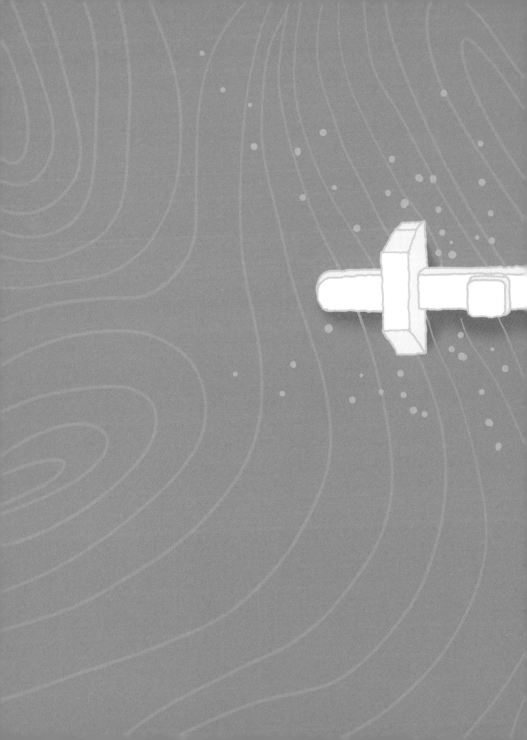

'입장' 바꿔
생각한다는 것은

내 마음의 빗장을 풀고
네 마음속으로
'입장'하는 것.

문 열기는
'시대'에 따라
달라졌지만

마음의 문 열기는
예나 지금이나 한결같다.
오직 '진실'뿐.

자식은 종종
부모를
'우산' 취급한다.

화창한 날은 '불편'해하고, 궂은 날은 그 밑에 숨는다.

세상은
맵고 짜고 시고 쓰고 차다.
'단맛'은
그 맛 뒤에 스며 있다.

그 단맛의 '당도'는 흘린 땀에 배어 있고
또 그와 비례한다.

세상을
설득하지 못하는 것은
자신만
'납득'하는 언어를
구사하기 때문이다.

세상이
이해하고 받아들이는 언어는
'진실'뿐이다.

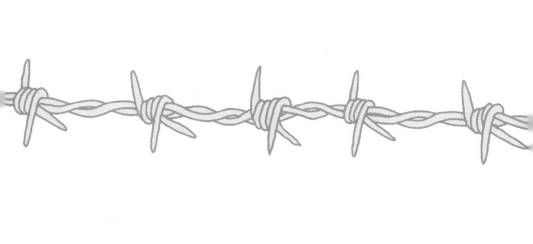

'익숙함'을 즐기지 마라.
편안함 속에
자신을 가두는 경계의 울타리는
더욱 높고 견고해진다.

맛있고 싱싱한 '새싹'은
언제나 경계 너머에 있다.

얇지만 넓게 아는 자는
'허풍'이 세고
깊지만 좁게 아는 자는
'아집'이 세다.

이보다 더 센 자는
넓지도 깊지도 않으면서
'확신'에 찬 자다.

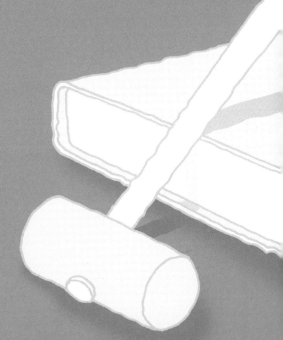

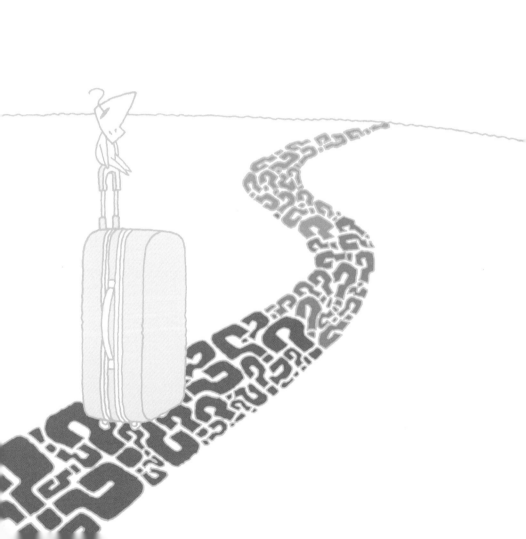

누구나
생이 끝나는 그날까지
다다를 수 없는 '길' 있다.

답이 존재하지 않는
'자기 존재'에 대한 물음의 길이다.

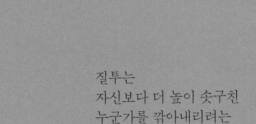

질투는
자신보다 더 높이 솟구친
누군가를 깎아내리려는
주체 못할 '힘'이다.

잘 쓰면
분발을 끌어내고,
못 쓰면
남이 아닌 '자신'을 흠집 낸다.

상인과 만나면 셈이 늘고
식자와 만나면 앎이 늘고
'길'과 만나면 생각이 는다.

길을 걷고
길에게 물을 때
'사색'의 길은 길어진다.

인생은 어떤
부모와
친구와
스승과
배우자를
'만나는가'에 달렸다.

하지만
삶을 좌우할 결정적 요인은
자신과의 '만남'이다.

출발선에 서보면 안다.
'연습'이 필요했음을.

뛰다 보면 안다.
'시작'이 중요했음을.

그 길 끝에 서보면 안다.
'경험'이 소중했음을.

하늘은
청춘의 텅 빈 기억 속에
'호기심'을 채워주고
나이 들면
잃어버린 기억의 한편에
'통찰의 지혜'를 채워준다.

그것마저
희미해진 황혼녘엔
다시
'아이'로 돌아갈 기회를 준다.

나이 들면 '속' 좁아지더라.
마음도 낡은 수도관처럼
아집과 편협으로
속 좁아지더라.

나이 들어 속 깊은 이 있다.
항상 자신을
'경계'하는 사람이다.

오광 손에 쥐고
'오광' 하는 사람 없더라.
피 잔뜩 쥐었어도
때 만나면
오광 하더라.

욕심 줄이면
돌돌돌 말린 인생 '패',
반듯이 펴질까요...

젊을 땐 내가
세상의 중심인 줄 '알고'

철들면 세상이
호락호락한 게 없음을 '알고'

나이 들면
나 없이도 세상은
잘만 돌아간다는 것을 '안다'.

인생 수업,
'수석'은 바라지 않지만
'과락'은 면하고 싶다.

'교만'의 배수구는
바닥보다 높고,
'겸손'의 배수구는
바닥보다 낮다.

교만한 자가
역겨운 것은
'배설' 못한
오물의 악취 때문이다.

심지 없는 초는
자신을 태워
세상을 밝힐 수 없다.
그건 그저
'기름 덩어리'에 불과할 뿐

영혼을
찬란하게 불사를
굳은 '심지',
가슴속에 품고 있을까.

세상은
다리 하나가 짧은
불완전한 의자이다.

앉은 자세가
조금만 비뚤어져도
'균형' 잃고 넘어지기 일쑤다.

세상 탓하지 않고
비뚤어져 균형 잃은
'날' 탓하련다.

인생은 사용 설명서가 없습니다. '사용 후기'만 쓸 수 있을 뿐입니다.

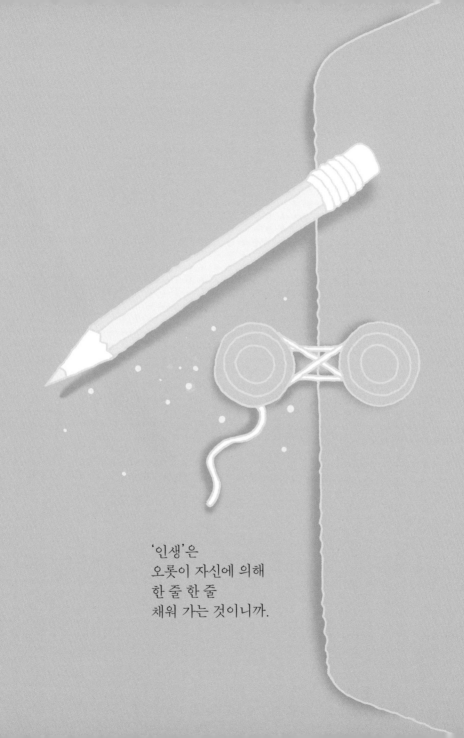

'인생'은
오롯이 자신에 의해
한 줄 한 줄
채워 가는 것이니까.

하수는 상대를 베고
고수는 '자신'을 벤다.
자신을 엄습하는
죽음의 공포를 벤다.

오늘도 벼린다.
단칼에 베어낼 수 있는
마음의 '심검'을...

'질량'이 무거울수록
시공간은 왜곡돼
빛을 휘게 하고

'유혹'이 클수록
마음이 왜곡돼
의지를 휘게 한다.

내려놓고 가겠습니다.
내가 걸어가야 할
멀고 험한 인생길에
꼭 필요한 게 아니라면,

조금씩 줄여
삶의 무게를
'감당'할 수 있을 만큼만
짊어지겠습니다.

내 삶의 적재하중을 고려하겠습니다.
'과적'은 금물이니까.

'욕망의 통'에는
눈금이 없습니다.
욕망은 채워도 채워도
결코 채워지지 않으니까.

욕망의 '에너지'로 질주하는 자동차,
그건 브레이크 없는 인생...

'오해'하지 않으려다.
걸림돌을 디디면
디딤돌이고,
디딤돌에 걸리면
걸림돌임을.

마음의 돌은 '하나'다.
딛든 걸리든
쓰임새는 자신의 몫이다.

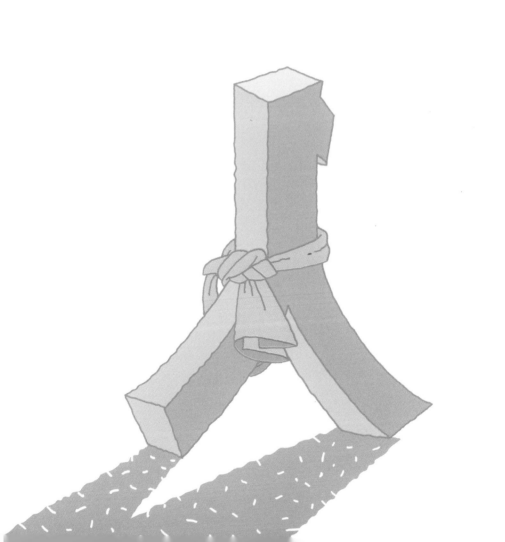

아무리 '기'를 써도
이길 수 없는 게
세월과 자식이기에
싸워 이겨야 하는 것은

이길 수 없는 것을
기필코 이기려고 하는
자기 '자신'과의 싸움이다.

세상의 혼란은
두 부류의
'구성비'로부터 빚어진다.

더 잃을 게
없는 자와
더 갖고 싶은 자의
'대립'으로부터.

남에게
양보할 때도,
자신을 세우지 못하고
계속 앞으로 갈 때도,
다시 돌아가야 할 때도
있는 게
'삶'인가 봅니다.

삶은
'교통 표지판'과
닮았나 봅니다.

'파도'를 잠재울 순 없다.
그것을 일으키는
바람을 잠재워야 한다.

내 맘 거세게 흔들어놓는
'욕망의 바람',
푹 잠재우련다.

생
각
줍
기

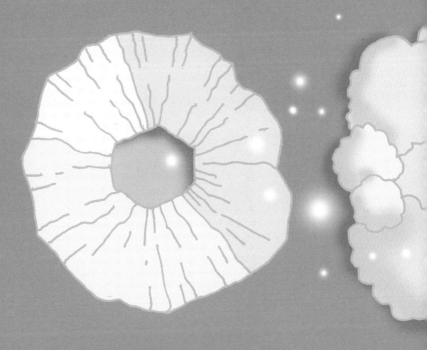

약점을 굳이 메우려 하지 않고
'강점'을 더 높이 쌓으련다.

웅덩이는 잘 보이지 않으나
'언덕'은 금방 눈에 띄기 때문이다.

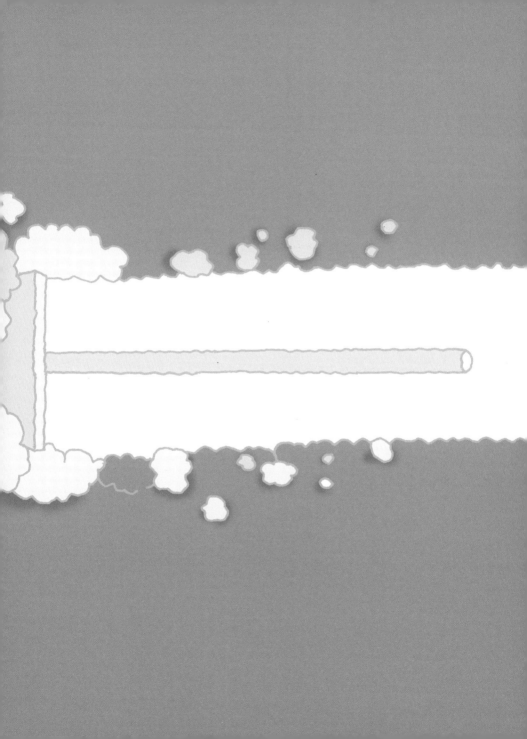

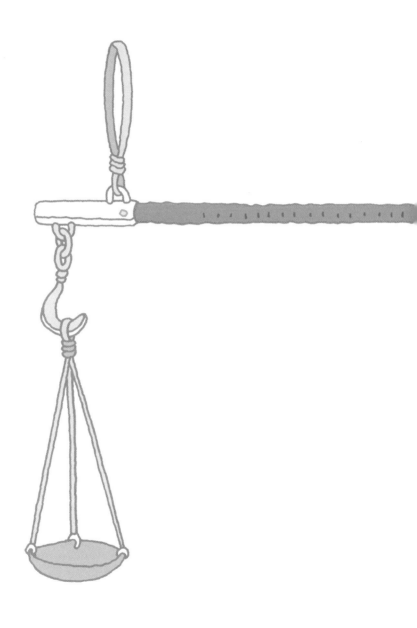

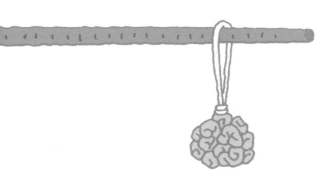

누구나 세상을 다는
'추'를 갖고 있다.
하지만
저울추 무게가
서로 다르다는 게 문제다.

그래서
'가치'에 대해
합의를 이루지 못하고
왈가왈부한다.

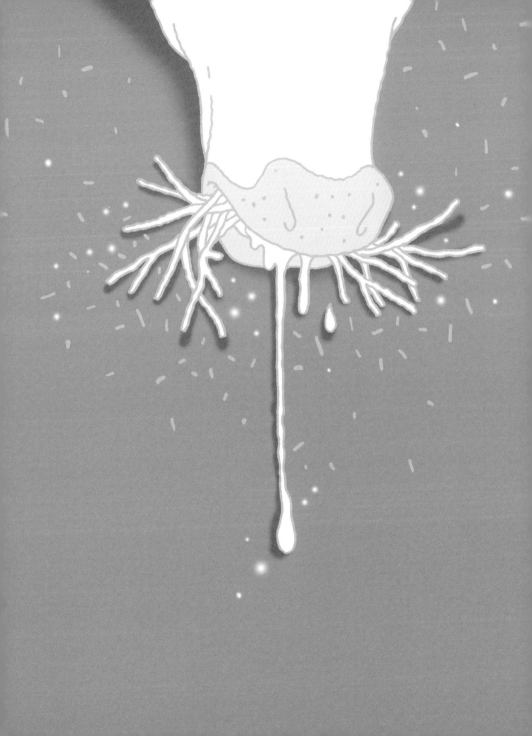

소는
여물을 '되새김질'하여
살찌지만

사람은
생각을 '반추'하여
정신을 살찌운다.

세상을
삐딱하게 바라볼지언정,
'배배 꼬아' 보지는 않으련다.

삐딱은 '달리 보기'이고,
배배 꼬임은 '뒤틀어 꼬아 보기'이므로.

인생은 나에게
술 한잔 사주지 않았지만,
차가운 '냉수'
몇 사발은 권하더라.

취하기보다, 냉수 들이켜고 현실을 똑바로 '직시'하련다.

세상은 '누들'이다.
양껏 들어보지만
몇 가닥 못 건지고
미끄러지고 만다.

맘대로 되는 삶 '없다'.
쥘 듯 말 듯
애태우는 게 삶이다.

삶은
커다란 장애물과 부딪쳤다고
멈춰서지 않는다.
넘을 수 없으면
다른 길을 '모색'하기 때문이다.

하지만 작고 사소한 일에
'삶'은 찢기고 펑크나 좌절한다.

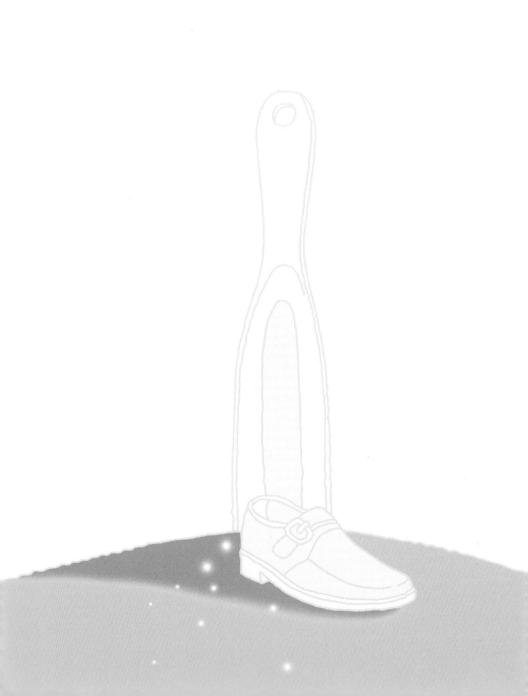

'조급'하게 구겨 신은 인생,
온 힘으로
뛰어야 할 때 달리기 어렵다.

구둣주걱은 '여유'다.
그게
인생을 온전하게 신게 해준다.

신고 못 신고는
'끈'에 달렸다.

내 인생의 주인공 캐스팅은
'생각의 끈'에 달렸다.

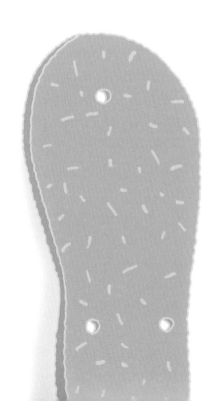

지식의 책갈피마다
'생각' 버무려
숙성시킨 게 지혜다.

막 담근 지혜는
'신선'해서 좋고,
묵은 건
'깊은 맛' 있어 좋다.

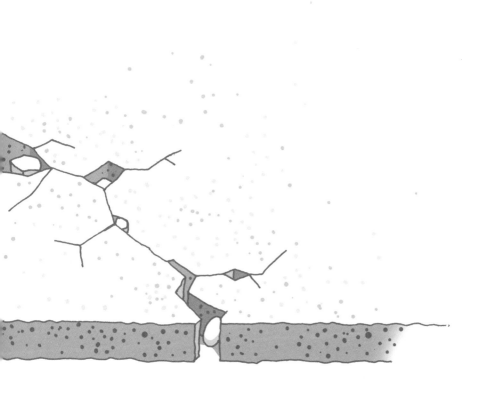

꿈의 토대는
실현 가능성이다.

가능성이 희박함에도
희망 갖길 강요하는 것은
'고문'이다.

실현 가능성 없는 것을
꿈꾸는 것을
'망상'이라 하기 때문이다.

낮 시간은 '팔고'
밤 시간은 '산다'.
노동을 팔고 휴식을 산다.

'싼' 휴식을 사지 마라.
그럼 노동도
싼 값에 넘기게 된다.

'쇠똥구리'가
바라고 원하는 것은
옥구슬도
여의주도 아니다.

자신이
굴리기에 감당할 수 있는 만큼의
'쇠똥'이다.

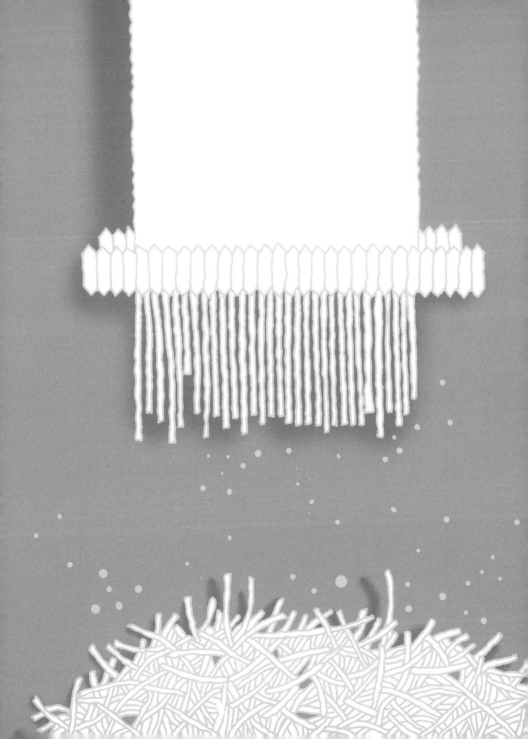

거짓은
즉각 파기 대상이지만
진실은
'보존 기한' 없다.

그렇기에
언제나 불편한 '진실'부터
파기한다.

팔
목
다리
허리
인간의
4가지 '접기' 방법...

스스로 꺾는 것은
'존경'이요,
힘에 의해 꺾이는 것은
'복종'이다.

함께하는 겸상은
'나눔'이 있고,
홀로 차린 독상은
독식만 있고,
뒤엎은 밥상은
먹을 게 없다.

세상은
가진 자와 못 가진 자가
함께하는 '겸상'이다.

우린
관계의 과잉 속에
살고 있지만
그건 다름아닌
풍요 속 '빈곤'이다.

의미 있는 관계는
언제나 내 '곁' 가까이 있다.

가난했던 시절,
우리의 어머니는
끼니보다 조금 더 안쳐
밥을 지었다.
지나가는 길손을 위한
따뜻한 '마음' 담아.

'솥단지' 같은 사람
만나고 싶습니다.
정 모락모락 피어나는...

'증오'의 에너지는
너무나도 강하기에
지고지순한 감정의 틀도
가뿐히 도약하여 뛰어넘는다.

그리고
연민과 사랑을
하찮은 '쓰레기'인 양
태워버린다.

일보다
인간관계가 어려운 것은
감정의 '시그널' 때문이다.

감정은
통제되지도 않고
수시로 '교란'되기에
종잡을 수 없다.

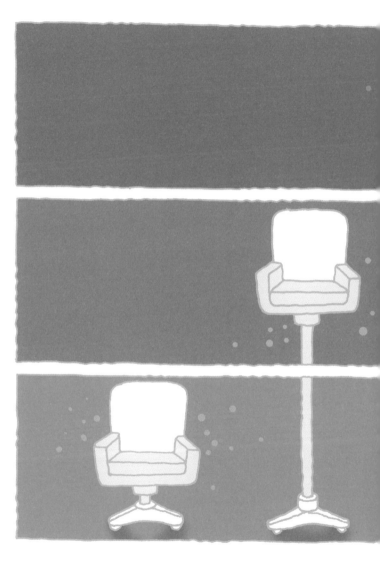

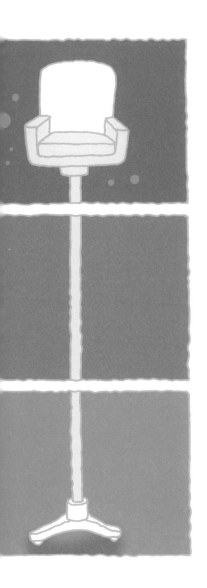

돈 많은 재벌의
'총수'도,
나라를 쥐고 흔드는
'권력자'도
이겨내지 못하는 게
있다.

그건
갑 중의 갑,
상전 중의 상전인
'자식'이다.

우린 안다.
인생은 장밋빛 아닌
음울한 '잿빛'임을.

그래서 '채색'한다.
열정의 빨간색과
창조의 녹색,
냉정의 푸른색으로.

추억은

곱게 물들인

시간의 '지문'이다.

앞만 보고 가야 할
'때'는
뒤돌아보지 말아야 할
때이다.

'그때'는
바로 장년이 아닌
청년의 시기다.

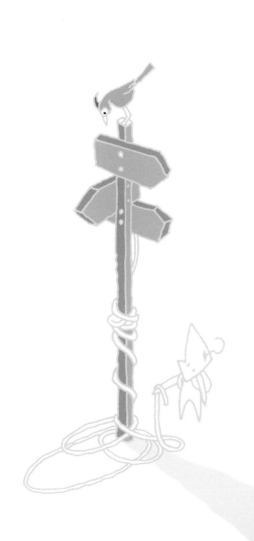

인생의
절반은 '시행착오'이고
나머지 절반은 '교정'이다.

'모두가'
시행착오 겪지만.
'모두 다'
교정의 노력은 않는다.

인생은
'한방'이란 말에
현혹된 자는

인생은
'금방'이라는 말을
깨닫지 못한 자다.

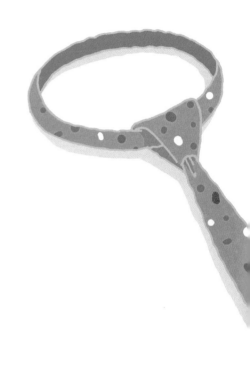

삶에
'어깃장' 놓는 건
인생이 아니라
언제나 자기 자신이다.

자신과는 화해하고
인생에겐 '시비' 걸지 말 것.

'가을'은
푸른 잎을 단풍으로
치환하는 효모이고

'생각'은
사람을 사람다움으로
변화시키는 효모이다.

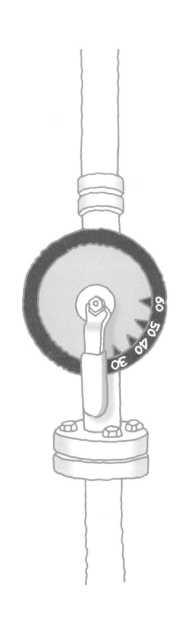

젊어선 애써 열고
나이 들면 원치 않아도
저절로 닫히는 게 '인간관계'다.

'은퇴'란 거세된 사회성이다.
은퇴가 외롭고 서글픈 이유다.

나이 드는 것보다
'생각 없이'
나이 먹는 걸 경계하고

생각하는 것보다
'행동 없는'
생각을 더 두려워한다.

올 땐 '힘주고' 왔다가
갈 땐 '힘 빼고' 가는 게
인생이다.

세상은 '가위'다.
'바위' 쥐고 이기러 왔다가
'보' 내고 지고 간다.

'경력'은
어제가 만든 나고,
'능력'은
오늘을 만들어 가는 나다.

'무능력자'는
현재엔 충실하지 않고,
과거 이력만 들춘다.

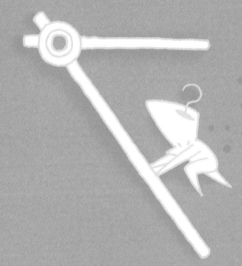

6

어제를 '환불'하여
오늘과 바꿀 수 없고,
내일을 '가불'하여
오늘에 당겨 쓸 수 없다.

오늘은
남기면 소멸되는,
아낌없이 써야 하는
'현찰'이다.

흑과 백 사이에
수많은 색깔들이 존재하듯,
우리의 생각도 각양각색입니다.

그러니
나와 '다른 생각'들도
존중해주십시오.

흑백의 '색맹'으로 바라보지 마시길.
세상은 '컬러풀'하니까.

마음이
'얕은' 자를 경계하는 것은

마음의 수면 아래
음흉이라는
'여'가 도사리고 있기 때문이다.

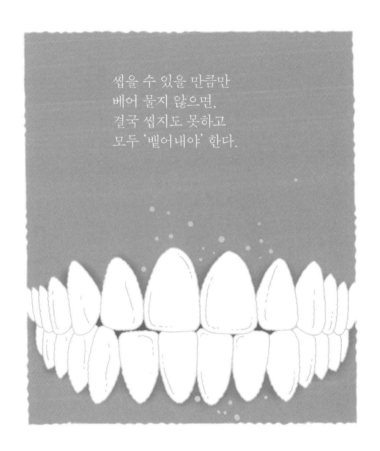

씹을 수 있을 만큼만
베어 물지 않으면,
결국 씹지도 못하고
모두 '뱉어내야' 한다.

'과욕'은 자칫 자신이 가진 것도
모두 잃게 만들더라...

꿈꾸는 자는
아름답지만,
'꿈만 꾸는 자'는
추하다.

하지만 꿈조차 꿀 수 없는 세상은 '지옥'이다...

사물의 세계는
참과 거짓의 경계가
'명료'하지만

인간 세상은
거짓이 참을 우롱할 뿐 아니라
아예 참 '행세'한다.

"밥 먹었니."만큼
더 사랑스런 말 없고,
"밥 굶어."보다
더 잔혹스런 말 없다.

배고파 훔친 것보다,
배불러도 나누지 않는 게
더 큰 '죄'다.

목소리 높이면
떡 쥐여주고,
말없이 묵묵히 일하면
'바보' 취급한다.

이런 말이 통하는
사회와 일터엔
'실종'된 리더십이 있다.

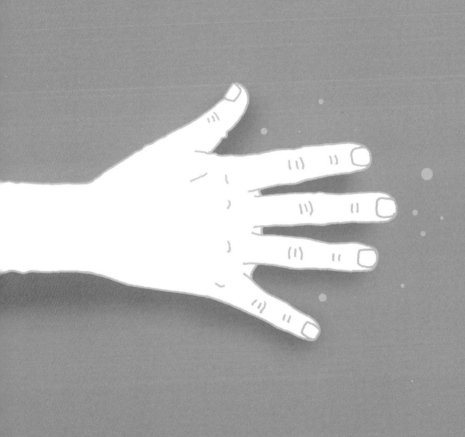

'편' 가른다.

사상으로
이념으로
가진 것으로
네 편 내 편 가른다.

편은 '힘'이다.
그 앞에서 정의와 진실은
외면당하기 일쑤다.

생각 줍기

2017년 12월 22일 초판 1쇄 발행

- 지은이 ———————— 김영훈
- 펴낸이 ———————— 한예원
- 편집 —————————— 이승희, 윤슬기, 양경아, 유리슬아
- 본문 조판 ————— 성인기획
- 펴낸곳 교양인
  우 121-888 서울 마포구 포은로29 202호
  전화 : 02)2266-2776 팩스 : 02)2266-2771
  e-mail : gyoyangin@naver.com
  출판등록 : 2003년 10월 13일 제2003-0060

ISBN 979-11-87064-18-3 03810

이 도서의 국립중앙도서관 출판시도서목록(CIP)은 서지정보유통지원시스템 홈페이지(http://seoji.nl.go.kr)와 국가자료공동목록시스템(http://www.nl.go.kr/kolisnet)에서 이용하실 수 있습니다.(CIP제어번호: CIP2017032946)